Non, David!

De

David Shannon

Éditions
SCHOLASTIC

À Martha, ma mère, qui alors me disciplinait, et à Heidi, ma femme, qui à présent me discipline.

NOTE DE L'AUTEUR

Il y a quelques années, ma mère m'a envoyé un livre que j'avais confectionné quand j'étais petit. Il s'intitulait *Non, David!* et était illustré de dessins qui représentaient David faisant toutes sortes de choses qu'il ne devait pas faire. Le texte se composait uniquement des mots « non » et « David ». (C'étaient les seuls mots que je savais écrire.) J'ai pensé qu'il serait amusant d'en faire une nouvelle version pour commémorer les situations familières provoquant l'incontournable « non » tout au long de notre enfance.

Bien sûr, « oui » est un mot merveilleux... mais « oui » n'empêche pas d'écrire sur le mur du salon.

Catalogage avant publication de Bibliothèque et Archives Canada
Shannon, David, 1959-
Non, David! / David Shannon.
Traduction de : No, David!
Pour les 0-3 ans.
ISBN 0-439-95358-8
I. Titre.
PZ23.S485No 2005   j813'.54   C2005-904514-0

Édition publiée par les Éditions Scholastic, 175 Hillmount Road, Markham (Ontario) L6C 1Z7.
5 4 3 2 1   Imprimé au Canada   05 06 07 08

La maman de David lui dit toujours :

David, reviens

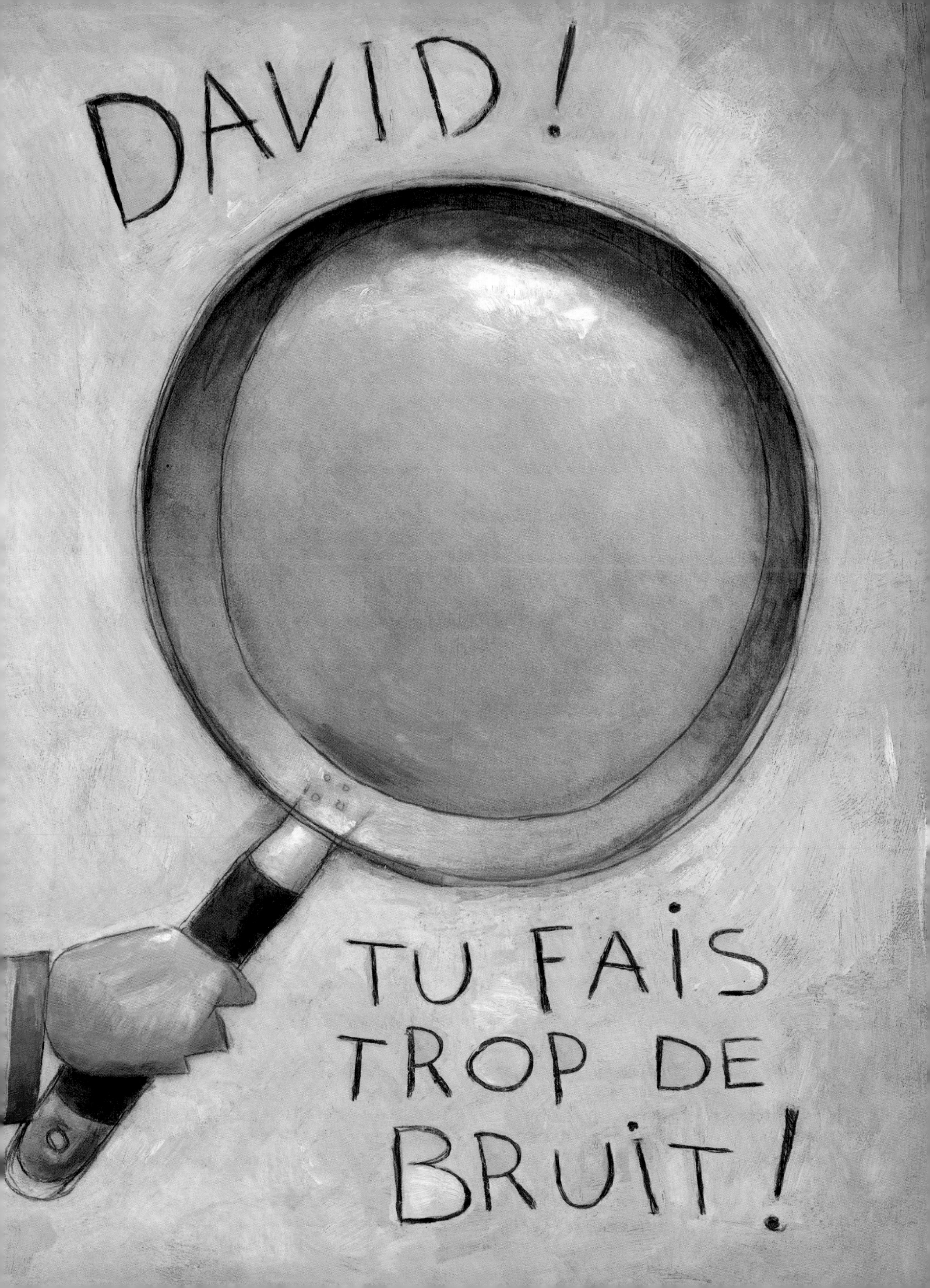
DAVID !
TU FAIS TROP DE BRUIT !

Ça suffit,

Va dans

ta chambre!

Pas dans la

maison, David!

Viens ici,

mon grand...

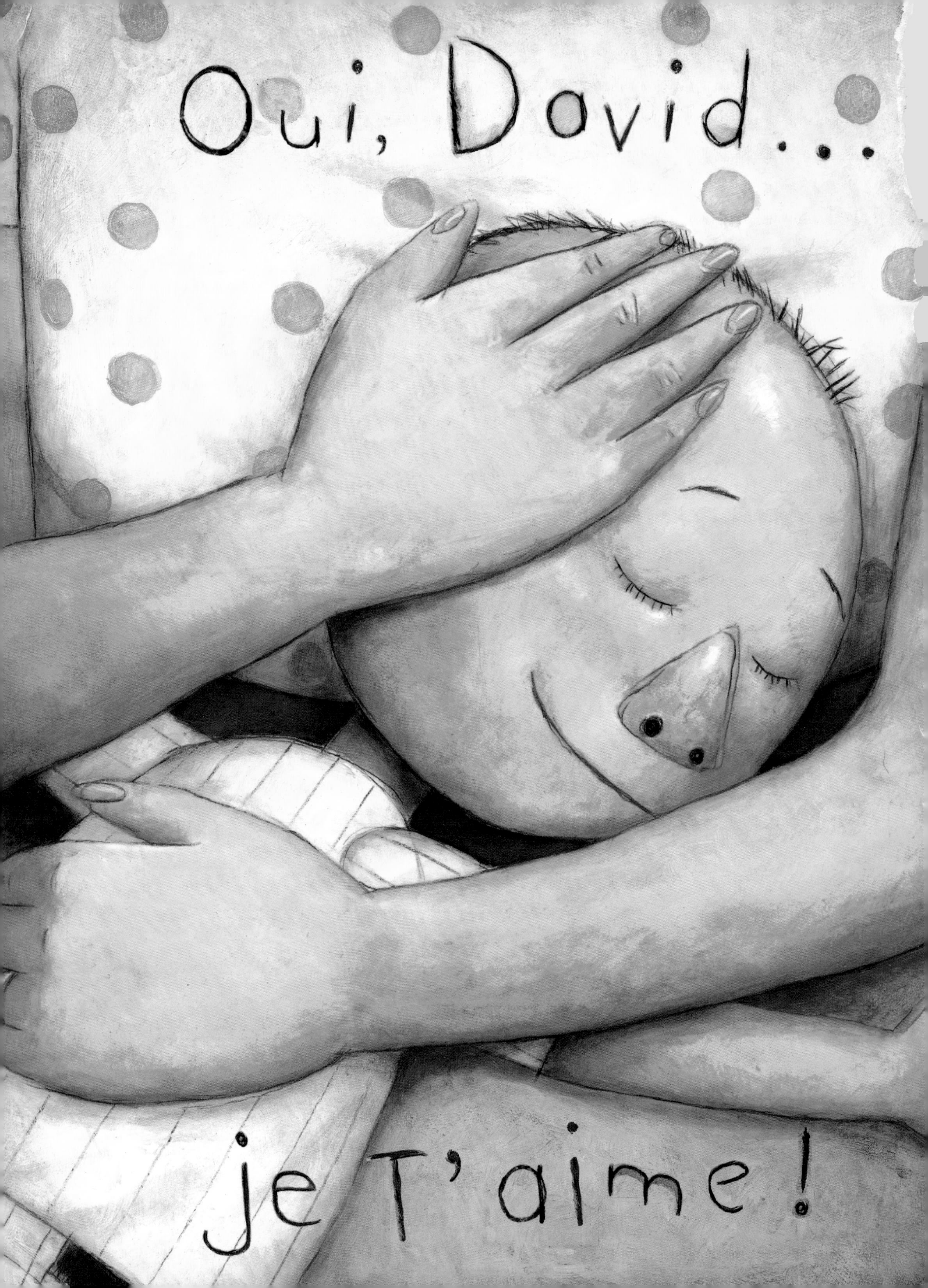
Oui, David...
je T'aime !